아빠가
배달돼요

KB151811

아빠가 배달돼요

© 박갑순 2019

초판 1쇄 인쇄 2019년 09월 15일
초판 1쇄 발행 2019년 09월 25일

글쓴이 박갑순

그린이 유예림　**펴낸이** 김서종　**편집디자인** 김보경　**교정교열** 글다듬이집 대표 박갑순

펴낸곳 도서출판 Book Manager　**주소** 전주시 완산구 매너머 4길 25-6
전화 (063) 226. 4321　**팩스** (063) 226. 4330

전자우편 rongps@hanamil.net

출판등록 전주시 제95-3

ISBN 978 89 6036 386 1
값 9,000원

이 도서의 국립중앙도서관 출판예정도서목록(CIP)은 서지정보유통지원시스템 홈페이지(http://seoji.nl.go.kr)와 국가자료공동목록시스템(http://www.nl.go.kr)에서 이용하실 수 있습니다.(CIP제어번호 : CIP2019033293)

아빠가 배달돼요

박갑순 동시집

도서
출판 **북**매니저 Book Manager

놀이터에서 배낀 시

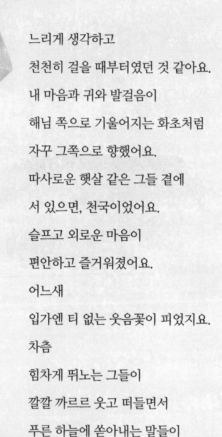

느리게 생각하고

천천히 걸을 때부터였던 것 같아요.

내 마음과 귀와 발걸음이

해님 쪽으로 기울어지는 화초처럼

자꾸 그쪽으로 향했어요.

따사로운 햇살 같은 그들 곁에

서 있으면, 천국이었어요.

슬프고 외로운 마음이

편안하고 즐거워졌어요.

어느새

입가엔 티 없는 웃음꽃이 피었지요.

차츰

힘차게 뛰노는 그들이

깔깔 까르르 웃고 떠들면서

푸른 하늘에 쏟아내는 말들이

가슴에 들어오기 시작했어요.

그들이 들려주는

해맑고 순진한 시를

마음의 종이에 열심히 적었지요.

그러는 동안

내 몸은 많이 건강해졌어요.

놀이터에서 함께 뛸 수 있을 만큼요.

이제 그들에게

내가 받아 적은 동시를 보내려고 해요.

이 세상에

어린이처럼 맑은 시인은 없습니다.

2019년 9월 25일

지은이 박갑순

 3부 공부는 못하지만

 4부 나는 할머니의 똥강아지

해설 _ 박방희(시인, 아동문학가)

설빙

까맣게 때 묻은
찌그러진 개밥그릇

추운 겨울밤
처마 밑에서 혼자 잔다

밤새
흰 눈 소복이 담겼다

오늘 아침
우리 집 멍멍이 설빙 먹겠다

풋밤

아직 생각이 여물지 않았어요
돌을 던지고
막대기로 후려치고
재촉하지 말아요

혼자 힘으로
세상 밖으로 나올 때까지
기다려주세요

무엇을 잘할지
무엇이 하고 싶은지
고민 중이에요

생각이 다 익으면
그때 입을 열게요
좀만 기다려주세요!

그림의 힘

기차가 서서히 움직였다
창밖으로 그림책이 한 페이지씩
넘어갔다

책장 넘기는 속도가 빨라지자
기차도 엄청 빨라졌다

기차는
그림 한 장의 힘으로 달린다는 것을
그때 알았다

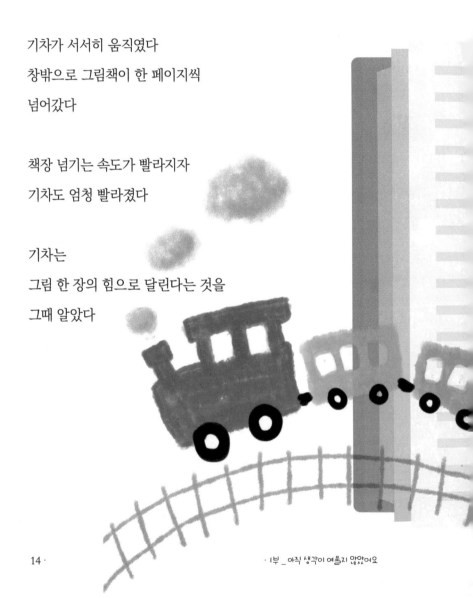

14 ·

· 1부 _ 아직 생각이 여물지 않았어요

너는 좋겠다

키 큰 코스모스에
나비가 날아와서
쪽

벌이 날아와서
쪽쪽

잠자리가 날아와서
쪽쪽쪽

나는 엄마가 뽀뽀해준
기억도 안 나는데

너는
참 좋겠다

나무 목욕

비 오는 날 공원은
공짜 목욕탕

바람은 나무의
옷을 벗기고
빗물은 때를 밀어준다

나란히 앉아
등을 밀지 않아도
하늘 샤워기로 싸악 씻어준다

그 자리에 서서
팔만 들어주면
머리부터 발끝까지

수건으로 닦지 않아도
바람과 햇빛이 금방 말려주니
목욕 끝

비 그치면
나무의 몸에서
초록 냄새가 난다

물푸레나무

물을 푸르게 하려고
초록초록
숨을 쉬는 나무

연못 거울 들여다보며
바람과 햇살을 꼬드겨서
살살살살
흥겹게 춤을 추어요

그 나무 곁에 서면
왠지
마음도 푸르러지고
몸도 사사삭 저절로 흔들거려요

20

맛있는 남이섬

나는 놀이공원 가고 싶었는데
배도 탄대서 따라갔어요
배는 고작 3분 타고
먼지만 폴폴 날리는 길
걷고 또 걷는 엄마

억지로 따라 걷는 내내
'다시는 엄마 따라다니지 않을 거야.'
질질 다리 끌며 다짐했어요

그래도
아이스크림은 맛났어요

· 1부 _ 아직 생각이 여물지 않았어요

전등 바꾸기

소희 할머니는
소희가 누군지
알았다가 몰랐다가
깜박깜박거린다

우리 집 화장실 전등도 깜박거려서
아빠가 등을 바꾸니
전처럼 환하게 비추었다

소희 할머니
머릿속 전등도 바꾸어 주면

소희와 사이좋게 지내라고
떡볶이 해주던
할머니가 다시 되실 텐데

펄펄 뛰는 횟집

인천 주안에서
이모 따라 간판이
'펄펄 뛰는 횟집'에 갔다

눈을 크게 뜨고
아무리 찾아도
뛰는 고기는 없고

수족관에 갇힌 고기들이
잡히지 않으려고
물속에서 빙빙 돌았다

· 1부_ 아직 생각이 여물지 않았어요

그래도
'펄펄 뛰는'을 읽을 줄 아는
사람들이 계속 줄을 섰다

주인아저씨 다리만
펄펄 뛰었다

무서워서

깜깜한 밤
가로등은 무서워서 불을 켜지

그래도 무서우면
불빛을 흔들며

출렁출렁
내 뒤를 따라오지

아빠가 배달돼요

1부 · 아직 생각이 여물지 않았어요

이어달리기

낮에는 해가
밤엔 달이
사이좋게
이어달린다

운동회 때
달리던 윤지가 바통을 놓쳐
울음바다가 됐다

해가 달의 바통을 놓친다면
지구는 깜깜한 바다가 되겠지

단 한 번도 실수하지 않는
해님아 달님아 고마워

어제도 오늘도

2부

· 2부 _ 어제도 오늘도

골목대장

응달진 곳에는
혼자 가세요

심심한 빙판이
반길 거예요

꽈당!
하하하하

엉덩방아 한 방이면
친구가 돼요

하늘 지갑

하늘 높이
비행기가 떠가면서
자국을 남겼다

기다란 흰색 지퍼 같다

알바트로스가
열린 지갑을 엿본다

하늘이 깜짝 놀라
힘껏 지퍼를 닫는다

아빠가 배달돼요 ·

틈

소하초등학교 가는 길
촘촘히 박힌 보도블록 사이
풀 한 포기

보도블록이 힘겹게 틈을 벌려
물도 햇빛도 바람도
나눠주었다

버림받은 초록이

초록 빛깔의 앉은뱅이책상
분리수거장에 있다

어제도 오늘도 그대로 있다

주인이 탄 차를 쫓아
내달리던 강아지처럼

뒤쫓아 달릴 수 없어
눈감고 종일 앉아만 있다

심심한 발톱

아빠 출근 시간

한 짝도 성한 게 없어
엄마는 진땀을 빼요

종일 구두에 갇힌 발톱이
심심했나 봐요

동생은 심심하면
손톱을 뜯는데

우리 아빠 발톱은
양말을 뜯어요

암탉

힘겹게 낳은 알
빼앗기고
눈만 껌벅껌벅

방금 나온 알을 먹고
발성 연습하는 아빠

내 귀엔
암탉 울음소리
꼬꼬꼬 꼬꼬

— 암탉아, 왜 알을 혼자 뒀어?
  꼭 품고 있었어야지.

바람 맛

오른발 엄지발가락이
양말에 구멍을 냈다

시원한 바람
먹고 싶었나

누가 보기 전에
다 먹어야 할 텐데

짝꿍의 고개가
슬며시 움직인다

에라, 모르겠다
왼발로 입을 막아버렸다

헤어드라이기

할머니 주머니에 든
만 원 오천 원 천 원처럼

강풍 약풍 냉풍 온풍
들어 있는
바람 지갑

화장대에서
머리 말릴 엄마
항상 기다리고 있다

새 옷

옷을 사준다던 우리 엄마
치매 할머니 같다

며칠이 지났는데도
감감 무소식

— 밥 먹자
엄마 부르는 소리
꿈쩍 않고 누웠는데

쩝쩝, 호록호록
식탁의 맛있는 소리에
뱃속은 꼬록꼬록

배고파 죽겠다

— 엄마, 밥 주세요!

새 옷은 일단 포기해야겠다

하늘이 화났어

하늘이 소리를 질렀어
우르릉 쾅, 꽈광!
구름이 뭘 잘못했나 봐

변명도 못하고
주룩주룩
눈물만 흘리네

내 거짓말에
아빠가 고함치면
나도 꼭 울음을 터트리거든

2부 어제도 오늘도

봄눈

어제 내린 눈이
그늘진 곳에서
꽁꽁
어깨동무하고 있다

한낮 햇살이
겨드랑이를 간질이자
쿡쿡
웃으며 어깨를 풀더니

어느 사이
훌쩍
골목으로 사라지고
젖은 자국만 조금 남겼다

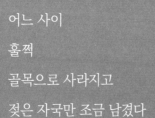

효자손

할머니 집에는
우리 집에는 없는
효자손이 있어요

마치 손처럼
기다란 팔 끝에
손가락도 달렸어요

엄마가 항암치료 후
할머니가 됐어요
만날 등이 가렵대요

아빠는 신문만 보고
오빠는 게임만 하고

숙제하다 얼른
엄마 등을 긁어 드렸어요
나는 우리 집 효자손

아빠가 배달돼요 .

힘센 동생

식탁에서 차를 마시던
엄마 아빠 목소리가
점차 커졌다

싸움으로 번질까 걱정하고 있는데
유치원에 다니는 동생이
방에서 나왔다

— 둘이 벽 보고 반성해!

작은 목소리였지만
엄마 아빠 큰소리를 금세 눌렀다

— 여보, 미안해. 내가 잘못했어.

동시에 서로 사과하고
상황 끝났다

우리 집에서 제일 힘센 내 동생

공부는 못하지만

3부

3부 _ 공부는 못하지만

크고 싶어서

우리 집 장미는
딱 담장 높이만 한 키
더 커지고 싶어 힘쓰다
얼굴만 빨개졌어요

나도 형만큼 크고 싶어서
날마다 철봉에 매달리다
아침 해만큼 빨개졌는데

친구

초록불을 기다리던 현준이
차단봉을 뜀틀 삼아 뛰었다
가랑이에 걸렸다

— 야, 그것도 못 넘냐?

뒤로 물러섰다 힘껏 뛰어간
준철이의 큰소리도 딱 걸렸다

— 에잇, 보기보다 힘드네.

멋쩍게 웃는 준철이와
안도하는 현준이

둘이 손잡고 총총
초록불을 건너간다

아빠가 배달돼요 ·

들켰다

횡단보도에 초록 불이 켜지자
준철이가 혜지의 머리카락을
슬쩍 잡아당기곤
앞서 뛰어간다

얼결에 준철이 따라
뛰던 인이가 묻는다

— 너, 혜지 좋아하지!

해바라기 씨

엄마와 할머니가
어금니로 씨를 톡톡
까먹고 있다

가늘고 길쭉한 씨는
꽃게만큼 딱딱한 집 안에 있다

꽃씨를 심으면
꽃이 피는데
저렇게 많은 씨를
몸속에 심는다

할머니와 엄마의
뱃속에서
해바라기 꽃이 필까
걱정이다

농부라서

고등학교 선생님이
쌍둥이 딸의 점수를 높여주어서
감옥에 갔다는 말을 들었다

낡은 옷만 입고
흙 묻은 신발에 얼굴이 까만
우리 아빠

아빠가 선생님인 예은이가
항상 부러웠는데

우리 아빠 농부라서
감옥에 갈 염려는 없으니
그 점만은 참 다행이다

나는 읽을 수 있어요

열 살 세라는
나이지리아 아빠 오스틴
한국 엄마 옥분과
제주도에서 산다

낮 동안
아빠는 공사 현장에서
엄마는 미용실에서
세라는 학교에서 지낸다

세라의 백 점짜리 시험지는
아빠의 흙 묻은 검은 얼굴에
웃음꽃을 심는다

— 아빠 일은 돈 버는 거,

　내 일은 공부하는 거.

세라는

20년 다른 나라 생활에 지친

아빠의 힘듦을 읽을 줄 안다

아빠가 배달돼요 ·

엄마는 쉬운 말을 어렵게 해

학교 끝나자마자
여러 학원에 다니는 친구

공부 이야기 말고는
할 말이 없어서
그림자 같던 친구

뜻밖에
자기는 공부를 죽을 만큼 했으므로
죽어도 여한이 없다고 했다

그 말이
내 마음에는 불행하다로 들렸다

— 엄마!
　공부 못하지만 행복한 게 나아?
　공부 잘하면서 불행한 게 나아?

— 지금 불행한 것 같지만 그 친구는 행복할 일이 많을 거야.

엄마는
불행해도 공부를 잘하라는
말을 그렇게 했다

괜히 물었다

3부_ 공부는 못하지만

최고의 맛

수박 참 시원하다
아빠의 맛

수박이 무척 다네
엄마의 맛

수박이 핵꿀맛이야
누나의 맛

내 맛은
오! 맛있는 맛

말을 잘 들으면

소하도서관 가는 길은
자전거 통로
보행자 통로
나뉘어 있어요

통로, 보행자
뜻은 알지만
나는 꼭 자전거 길로 가요

말을 잘 들으면
내가 아니거든요

말을 잘 들으면
해가 서쪽에서 뜬다고
모두 걱정하거든요

아빠가 배달돼요

69

우리도 크면

우리 할머니는 학생
평생학습원에 가요

가방에는 책
《초등영어 첫걸음》이 있어요

— 에이, 할머니
　이렇게 쉬운 걸 배워요?

형은 놀리지만
할머니도 형처럼 크면
더 잘할 거라고
나는 믿어요

영어 공부만

국어 백 점

영어 오십 점

집에 가기 겁이 나요

국어 공부 말고

영어만 공부하라는 엄마

나는 한국 사람인데

엄마는 미국 말 영어를 잘하래요

노랑머리 염색은

안 된다면서

햄버거는 먹지 말라면서

나는 할머니의

똥강아지

4부

그림 읽기

외할머니 집은
키 작은 단감나무가 있는
시골에 있어요

열 집 중 제일 작고요
노인당에서 제일 주름 많은 분이
우리 할머니예요

작은 집과 늙은 할머니 얼굴을 보니
자꾸 눈물이 나오려고 해서
얼른 스케치북에 그림을 그렸어요

집은 크게
할머니는 젊게

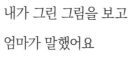

내가 그린 그림을 보고
엄마가 말했어요
— 할머니 집이 이렇게 크니?
— 할머니가 이렇게 젊니?

내가 커서
지어드리고 싶은 집
성형외과 의사가 돼서
젊게 만들어드릴 할머니 얼굴인데
엄마는 그림 볼 줄을 몰라요

똥강아지

나는 할머니의 똥강아지

똥 자가 붙어서
좀 그렇지만

착하다
이쁘다
귀엽다
사랑스럽다

이 많은 말을
단 한마디로 끝내는
우리 할머니

— 아이구, 우리 똥강아지!

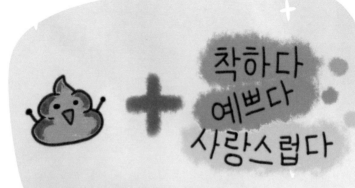

동생이 부럽다

할아버지는
밥상에 콩을 놓고
젓가락질 연습을 시키신다

손에 힘을 많이 주면
젓가락이 엇갈려버리고
힘을 덜 주면
빙글빙글 콩이 달아나버린다

포크를 사용하는
동생이 부럽다

학교 반장처럼 첫째도
하고 싶은 사람이 하면 좋겠다

아빠가 배달돼요 ·

개 엄마

공원에 가면
엄마와 산책하는
예쁜 강아지들이 많다

푸들을 만나면
나도 모르게 눈알이 커지면서
걸음을 멈추게 된다

우리 엄마는 뒤도 안 돌아보고
벌써 횡단보도 앞에 섰다

— 엄마, 같이 가요! 개 엄마가 우리 엄마였으면 좋겠다.

형도 모르는 게 있어

어느 날
엄마의 기도 소리를 들었다
— 하나님 아버지! 우리 아들들 건강하고 공부 잘할 수 있도록 은
혜를 베풀어주시옵소서.

형도 기도했다
— 하나님 아버지! 공부 잘할 수 있는 지혜를 주시고 동생과도 사
이좋게 지내게 해주세요.

엄마의 아버지를
아버지라 부르는 형에게 들리도록
나는 더 크게 기도했다

— 하나님 할아버지, 엄마 말씀대로 훌륭한 사람이 되게 해주시
고 형과 싸우지 않게 도와주세요

학교 폴리스

등하굣길에 서 있는
엄마 폴리스

쌩쌩 달리는 차도
무섭지 않아요

노랑 깃발로
속도를 줄여
안전하게 건너게 해요

엄마는 집에서도 폴리스
목소리 깃발로
제 게임 시간을 확 줄여버려요

학교 폴리스는 친절한데
집 폴리스는 무서워요

친구 되기

떡국 한 그릇에 나이 한 살

오빠가 한눈파는 사이
오빠 몫까지 두 그릇을 먹었다

두 살 더 먹은 나는
이제부터 오빠와 친구

친구가 된 오빠와 노는데
배가 살살 아파왔다

화장실을 들락날락
똥꼬는 아리고

하나님
다시 오빠라 부를게요
설사 좀 멈춰주세요. 제발

우리 아빠는

아침부터 저녁까지

남의 집에

크고 작은 물건들을

날라주는 일을 해요

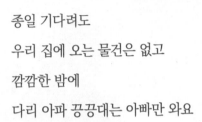

종일 기다려도

우리 집에 오는 물건은 없고

깜깜한 밤에

다리 아파 끙끙대는 아빠만 와요

그래도

한 달에 한 번은

양손에 맛있는 치킨을 들고

뚜벅뚜벅

아빠가 배달돼요

아빠가 배달돼요 ·

사랑하니까

마트에서 집에 오는 동안
무거운 짐을 혼자 들고
아빠가 낑낑대요

엉덩이를 실룩거리며
엄마가 뒤따라가요

아빠는 가끔 엄마 보며 웃어요
힘이 들어도 웃음이 나오는 아빠

사랑하기 때문이래요

나도
사랑이 유치원 가방 들어줘야지

눈이 왔네

새벽 잠결에 들었다
— 눈이 왔네.

늦잠 자고 나와 보니
흔적도 없다

손꼽아 기다린 아빠가
나 없을 때
책상 위에
용돈만 두고 간 날 같다

성은 빼고 불러주세요

내 이름은 박상아다

학교에서
출석 부를 때 말고는
누구나
성은 빼고
상아라 부른다

세상에서 가장 비싼
코끼리 어금니
상아야!
기분이 좋다

그러나
엄마는 화가 나면
— 박상아!
갈라지는 목소리로
싼티나게 부른다

제발 성은 빼고 불러주세요.

센서등

어두울 때
더듬더듬 어떤 화장실에 가니
혼자서 불이 반짝 켜졌어요
스위치를 못 찾아 걱정한 마음이
휴우 놓였지요

· 4부 _ 나는 할머니의 똥강아지

폐지할머니 힘겹게 올라가는

저 고갯길도

할머니 발이 닿는 순간

길이 쫙 평평해진다면

폐지를 더 많이 모을 수 있을 텐데…

한 수

엄마 아빠가
나와 동생에게
문제를 냈다

— 엄마가 좋아, 아빠가 좋아?

그런 문제가 어딨냐며
머뭇거리는 사이

동생은
엄마에게 소곤소곤
아빠에게 소곤소곤

엄마도 아빠도
기분 좋게 만든 동생

부모님께 받은 용돈

나보다 훨씬 많다

동생에게 한 수 배워야겠다

우리 할머니 이름은

내 이름 박준희 대신
게임을 좋아하는 나를
박겜돌이라 부르는 우리 할머니

도립중고등학교에 다니는
외할머니는
공부를 좋아하신다

나는 우리 이순애 할머니를

이공부라 부른다

깜찍하고
발칙한 상상력

_ 박방희(시인, 아동문학가)

　박갑순 시인은 1965년 부안에서 태어나 1998년 《자유문학》과 2005년 《수필과비평》을 통해 시와 수필로 등단했다. 전주에서 발행되는 월간 《소년문학》 편집장으로 오랫동안 일했으며, 지금은 경기 광명에서 교정 교열을 전문으로 하는 '글다듬이집' 주인이다. 2015년 수필집 《꽃망울 떨어질라》를 발간하고 암으로 투병 중이던 2018년, 등단 20년을 맞아 첫 시집 《우리는 눈물을 연습한 적 없다》를 펴냈다. 시인 마경덕은 "박갑순 시인은 현실의 모순과 맞서면서도 결기를 잊지 않는다. 삶과 부딪치는 과정에서 파생되는 '파장'에 흔들리지 않고 의연하게 대처한다. 시인이 작품 속에 텍스트로 차용한 이미지는 '부드러움 속의 완강함'이다. 곳곳에 누적된 '삶의 무늬'는 붉은빛을 띠고 있다."라고 평한 바 있다.

글다듬이 박 시인이 이번에 동시집을 펴낸다. 시인이 동시를 쓰는 건 이상한 일이 아니다. 더구나 월간 《소년문학》 편집장으로 오랫동안 일한 처지이니, 전혀 이상할 게 없다. 그러나 두 번이나 암을 앓으며 투병기까지 낸 시인의 동시집이라고 생각하기 어려울 정도로 오염되거나 훼손되지 않고 상처받지 않은 동심으로 가득 찬 작품집이다. 시인의 개인사를 어느 정도 짐작하는 필자로서는 놀라지 않을 수 없다. 한마디로 깜찍하고 발칙한 상상력이 곳곳에 번뜩이는 동시집이다. 우선 아이다운 천진스러움이 있는가 하면 능청스러움과 어른스러움이 있다. 그리고 가족에 대한 신뢰와 사랑이 일관되게 하나하나의 작품들을 꿰고 있다.

1. 어른스러움

이번 동시집 《아빠가 배달돼요》에는 속 깊고 생각이 깊은 어린이가 나온다. 착하고 배려심 많은 심성 좋은 맏이를 보는 듯하다. 박갑순 작품 속 아이들의 그 어른스러움은 어디서 나오는 것일까? 아마도 시인을 둘러싸고 있는 어려운 가정환경과 생활을 책임져야 하는 가장으로서의 무게가 시인 속의 아이를 어른스럽게 하지 않았을까? 어른스러움은 어린이 생각과 정서를 다루는 동시에서 어쩌면 기피되는 대목일 수 있다. 그러나 어린이도 성장과 성숙의 단계를 거치며 어른이 돼가는 과정에 있으므로 얼마든지 어른스러운 생각과 사고를 할 수가 있을 것이다. 아래의 〈풋밤〉이라는 작품에서 우리는 그것을 확인할 수 있다.

아직 생각이 여물지 않았어요
돌을 던지고
막대기로 후려치고
재촉하지 말아요

혼자 힘으로
세상 밖으로 나올 때까지
기다려주세요

무엇을 잘할지
무엇이 하고 싶은지
고민 중이에요

생각이 다 익으면
그때 입을 열게요
좀만 기다려주세요!

— 〈풋밤〉 전문

이른 가을 흔히 보는 '풋밤'을 소재로 취하여 쓴 시지만 여기서 '풋밤'은 바로 화자 자신이고 세상의 모든 어린이들의 은유이다. 누구나 인정하듯 현대인들은 조급증 속에 산다. 무엇이든 금방금방 결실을 보려 하고 결과를 예단한다. 생각이 여물도록, 능력이 자라도록 시간을 두고 기다려주지 않는다. 따라서 공산품은 말할 것도 없고 먹거리인 농산물이나 축산물도 조기생산 조기출하가 장려된다. 자녀들에 대한 기대도 마찬가지이다. 뭐든 빨리빨리 잘하기를 기대하고 폭풍 성장을 열망한다. 그래서 방과후 수업이다, 학원이다, 개인 과외 등 선행학습이 유행처럼 된 현실이다. 이런 현실에 아이들은 어른들을 향해 충고하듯 말하는 것이다. "돌을 던지고/ 막대기로 후려치고/ 재촉하지 말"라고, "무엇을 잘할지/ 무엇이 하고 싶은지/ 고민 중이"라고. "생각이 다 익으면/ 그때 입을 열"겠다며 "혼자 힘으로/ 세상 밖으로 나올 때까지/ 기다려"달라고 어른스레 말하는 것이다. 이런 어른스러움은 친구 관계에서도 드러난다. "초록불을 기다리던 현준이/ 차단봉을 뜀틀 삼아 뛰었다/ 가랑이에 걸렸다// ― 야, 그것도 못 넘냐?// 뒤로 물러섰다 힘껏 뛰어간/ 준철이의 큰소리도 딱 걸렸다// ― 에잇, 보기보다 힘드네.// 멋쩍게 웃는 준철이와/ 안도하는 현준이// 둘이 손잡고 총총/ 초록불을 건너간다".《친구》 전문)

다음 작품은 박갑순 동시 속에 등장하는 어린이들이 얼마나 생각이 깊고 여문 아이들인지 잘 보여준다. 부모님의 강력한 바람과 권유로 오로지 공부에만 매진하는 친구의 경우를 예로 들면서 과연 무엇이 행복한 삶인지 묻고 있다.

학교 끝나자마자
여러 학원에 다니는 친구
공부 이야기 말고는
할 말이 없어서
그림자 같던 친구

뜻밖에
자기는 공부를 죽을 만큼 했으므로
죽어도 여한이 없다고 했다

그 말이
내 마음에는 불행하다로 들렸다

 ─ 엄마!
공부 못하지만 행복한 게 나아?
공부 잘하면서 불행한 게 나아?

─ 지금 불행한 것 같지만 그 친구는 행복할 일이 많을 거야.

엄마는
불행해도 공부를 잘하라는
말을 그렇게 했다

괜히 물었다

─ 〈엄마는 쉬운 말을 어렵게 해〉 전문

학교 공부가 끝나자마자 다시 이 학원 저 학원으로 순례하면서 공부하는 친구, 공부 이야기 말고는 달리 할 이야기가 없어 늘 있는 듯 없는 듯 그림자 같던 친구의 말을 전한다. "뜻밖에/ 자기는 공부를 죽을 만큼 했으므로/ 죽어도 여한이 없다고 했다"는 것이다. 한창 뛰놀고 밝고 맑게 자라야 할 나이에 "공부를 죽을 만큼 했으므로/ 죽어도 여한이 없다"는 친구의 말은 가히 충격적이다. 그래서 화자는 아이들을 그렇게 공부 전쟁으로 내모는 어른들을 보고 묻는 것이다. "ㅡ 엄마!/ 공부 못하지만 행복한 게 나아?/ 공부 잘하면서 불행한 게 나아?" 우리 어른들은 우리 아이들의 이 질문에 올바로 대답해야 한다. 그러나 어른들은 질문을 교묘하게 비켜가며 공부를 강조한다. "지금 불행한 것 같지만 그 친구는 행복할 일이 많을 거야." 이 대답은 아이가 바라는 대답이 아니다. 아이는 그저 공부 못해도 행복한 게 낫다는 말을 듣고 싶은 것이다. 엄마의 그럴듯한 말장난에 아이는 괜히 물었다며 후회한다. 얼마나 어른스러운가.

이런 어른스러움은 다음의 작품에서도 잘 나타난다. "열 살 세라는/ 나이지리아 아빠 오스틴/ 한국 엄마 옥분과/ 제주도에서 산다// 낮 동안/ 아빠는 공사 현장에서/ 엄마는 미용실에서/ 세라는 학교에서 지낸다// 세라의 백 점짜리 시험지는/ 아빠의 흙 묻은 검은 얼굴에/ 웃음꽃을 심는다// ㅡ 아빠 일은 돈 버는 거,/ 내 일은 공부하는 거.// 세라는/ 20년 다른 나라 생활에 지친/ 아빠의 힘듦을 읽을 줄 안다".《나는 읽을 수 있어요》 전문)

2. 능청스러움

　박갑순 동시의 또 하나 특징은 능청스러움이다. 어린 동심의 능청스러움은 시를 아연 생기 있게 하고 발랄하게 하여 재미를 선사한다. 화자가 작품 속에서 능청스러울 수 있다는 것은 상황 속에서 여유로울 수 있다는 것이고 그 속에서 익살과 해학을 찾아낸다는 의미이다.

　　　　기차가 서서히 움직였다
　　　　창밖으로 그림책이 한 페이지씩
　　　　넘어갔다

　　　　책장 넘기는 속도가 빨라지자
　　　　기차도 엄청 빨라졌다
　　　　기차는
　　　　그림 한 장의 힘으로 달린다는 것을
　　　　그때 알았다

　　　　— 〈그림의 힘〉 전문

　화자가 기차를 탔다. 처음 출발할 때 기차는 서서히 움직인다. 그때는 창밖의 풍경도 서서히 바뀐다. 마치 그림책이 한 페이지씩 천천히 넘어가는 것처럼 말이다. 그러다가 기차가 속도를 내며 빨리 달리게 되면 그림책 페이지가 빠르게 넘어가는 것처럼 창밖 풍경도 빠르게 바뀐다. 이를 두고 화자는 역으로 생각하여 능청을 떠는 것이다. "책장 넘기는 속도가 빨라지자/ 기차도 엄청 빨라졌다"라고. 그리고 무슨 발견이라도 한 것처럼 "기차는/ 그림 한 장의 힘으로 달린다는 것을/ 그때 알았다"고 하여 독자로 하여금 실소하게 만든다.

　이러한 능청은 가족관계에서 특히 많이 나타난다. 〈우리도 크면〉이라는 작품에서는 평생학습원에 다니는 할머니를 두고 "우리 할머니는 학생/ 평생학습원에 가요// 가방에는 책/《초등영어 첫걸음》이 있어요// — 에이, 할머니/ 이렇게 쉬운 걸 배워요?// 형은 놀리지만/ 할머니도 형처럼 크면/ 더 잘할 거라고/ 나는 믿어요"라며 능청을 부리고, 〈동생이 부럽다〉에서는 "할아버지는/ 밥상에 콩을 놓고/ 젓가락질 연습을 시키신다// 손에 힘을 많이 주면/ 젓가락이 엇갈려버리고/ 힘을 덜 주면/ 빙글빙글 콩이 달아나버린다// 포크를 사용하는/ 동생이 부럽다// 학교 반장처럼 첫째도/ 하고 싶은 사람이 하면 좋겠다"며 학교 반장처럼 맏이도 하고 싶은 사람이 하면 좋겠다고 능청을 부린다. 반려동물인 강아지를 두고도 능청을 부리는데 단순한 익살이 아니라 세태 풍자와 함께 짙은 페이소스까지 느끼게 한다. "공원에 가면/ 엄마와 산책하는/ 예쁜 강아지들이 많다// 푸들을 만나면/ 나도 모르게 눈알이 커지면서/ 걸음을 멈추게 된다// 우리 엄마는 뒤도 안 돌아보고/ 벌써 횡단보도 앞에 섰다// — 엄마, 같이 가요! 개 엄

마가 우리 엄마였으면 좋겠다".《〈개 엄마〉 전문) 박갑순 동시 속 아이들은
엄마의 관심과 사랑에 대한 갈증이, 욕구불만이 되어 여기저기서 튀
어나오지만 어디까지나 가족의 사랑 속에서 부리는 투정과 같은 것
이라 웃음을 자아낸다. 다음의 작품도 그런 정황을 잘 드러낸다.

　　　키 큰 코스모스에
　　　나비가 날아와서
　　　쪽

　　　벌이 날아와서
　　　쪽쪽
　　　잠자리가 날아와서
　　　쪽쪽쪽

　　　나는 엄마가 뽀뽀해준
　　　기억도 안 나는데

　　　너는
　　　참 좋겠다

　　　— 〈너는 좋겠다〉 전문

〈너는 좋겠다〉는 화자가 코스모스를 보면서 느끼는 감정을 자신의 처지에 빗대어 쓴 작품이다. 여름 들면서 가장 흔하게 피는 꽃이 코스모스이다. 길가는 물론이고 들이나 공지에도 환하게 피어 한들거린다. 그런 흔한 코스모스에도 나비가 날아와 쪽쪽거리고 벌이 날아와 입맞춤하고 잠자리까지 앉으며 뽀뽀를 하는 데 반해 "나는 엄마가 뽀뽀해준/ 기억도 안" 난다며 "너는/ 참 좋겠다"고 부러워한다. 〈학교 폴리스〉라는 작품도 아이들의 엄마에 대한 갈망을 잘 드러냈다. '학교 폴리스'란 등하교 때 학생들의 교통을 지도하고 안전한 학교생활을 위하여 학부모들로 조직된 학교 경찰인 셈이다. "등하굣길에 서 있는/ 엄마 폴리스// 쌩쌩 달리는 차도/ 무섭지 않아요// 노랑 깃발로/ 속도를 줄여/ 안전하게 건너게 해요// 엄마는 집에서도 폴리스/ 목소리 깃발로/ 제 게임 시간을 확 줄여버려요// 학교 폴리스는 친절한데/ 집 폴리스는 무서워요".《학교 폴리스》 전문)《아빠가 배달돼요》 속 화자의 능청은 〈펄펄 뛰는 횟집〉에서는 한층 빛을 발한다.

인천 주안에서
이모 따라 간판이
'펄펄 뛰는 횟집'에 갔다

눈을 크게 뜨고
아무리 찾아도

뛰는 고기는 없고
수족관에 갇힌 고기들이
잡히지 않으려고
물속에서 빙빙 돌았다

그래도
'펄펄 뛰는'을 읽을 줄 아는
사람들이 계속 줄을 섰다

주인아저씨 다리만
펄펄 뛰었다

— 〈펄펄 뛰는 횟집〉 전문

　화자가 이모 따라 횟집에 갔는데 식당 이름이 '펄펄 뛰는 횟집'이다. 횟집 상호치고는 상당히 자극적인데 그 집에서 횟감으로 쓰는 고기가 살아서 펄펄 뛴다는 의미일 것이다. 그런 의미에서 일단은 고객의 눈길을 끌 만한 이름이다. 문제는 수족관에 든 고기가 그저 잡히지 않으려고 물속에서 빙빙 돌 뿐 펄펄 뛸 정도로 싱싱하지 않다는 것이다. 그럼에도 펄펄 뛰는 고기를 회로 먹을 생각에 "'펄펄 뛰는'을 읽을 줄 아는/ 사람들이 계속 줄을" 서고 있다. 이를 두고 화자는 "주인아저씨 다리만/ 펄펄" 뛴다고 풍자하고 있다. 뿐만 아니다. 해바라기 씨를 까먹는 엄마와 할머니를 두고 몸속에 해바라기가 필 것을 걱정하며 능청을 떨기도 한다. "엄마와 할머니가/ 어금니로 씨를 톡톡/ 까먹고 있다// 가늘고 길쭉한 씨는/ 꽃게만큼 딱딱한 집 안에 있다// 꽃씨를 심으면/ 꽃이 피는데/ 저렇게 많은 씨를/ 몸속에 심는다// 할머니와 엄마의/ 뱃속에서/ 해바라기 꽃이 필까/ 걱정이다".(《해바라기 씨》 전문)

3. 아이다움

아이다움이란 어린이가 어린이다울 때, 아이가 아이다울 때를 말한다. 그것은 천진함과 통한다. 나아가 순수함이라든지 순진무구 같은 인간의 고상한 덕목과 관계가 있다. 박갑순의 동시 속에서 아이다움을 찾아내기는 조금도 어렵지 않다. 앞에서 말한 어른스러움이나 능청스러움도 아이다움에서 기인한 것일 수 있다. 또 아이다움이란 동심에서 발로된 것이고 동심은 시심과 통한다. 특히 동시에서 어린이의 단순함이 시를 만들고 어린이의 때 묻지 않은 순수함이 사물을 직관하며 시적 발견을 이루고, 자유분방하고 천진난만한 동심이 시적 상상력과 시적 사고에 이른다는 것을 생각할 때 아이다움이야말로 동시 창작의 바탕이 되고 원천이 된다.

비 오는 날 공원은
공짜 목욕탕

바람은 나무의
옷을 벗기고
빗물은 때를 밀어준다

나란히 앉아
등을 밀지 않아도
하늘 샤워기로 싸악 씻어준다

그 자리에 서서
팔만 들어주면
머리부터 발끝까지

수건으로 닦지 않아도
바람과 햇빛이 금방 말려주니
목욕 끝

비 그치면
나무의 몸에서
초록 냄새가 난다

— 〈나무 목욕〉 전문

비 오는 날 공원의 나무들을 바라보며 쓴 이 작품은 '공짜 목욕탕' 이라는 아이다운 인식과 비 그친 후 나무의 몸에서 '초록 냄새'가 난다는 인식이 시를 만들었다. 비 오는 날 세상은 거대한 목욕탕이 되어 공짜 목욕을 한다. 목욕하고 난 사람의 몸에서 상큼한 비누 냄새가 나듯 공원의 나무 몸에서는 초록 냄새가 날 법도 하다. 잘된 시는 우선 독자를 수긍하게 한다. 그런 점에서 〈나무 목욕〉은 짧지만 감각적인 작품으로 성공적이다. 초록이란 색이나 빛깔로서 우리의 시각으로 인식된다. 그런데 여기서는 초록 냄새가 난다고 하여 후각에 기대고 있다. 빛깔에 무슨 냄새가 나랴만 독자들은 목욕한 공원의 나무들에서 풋풋한 초록 냄새를 맡게 된다. 시각의 후각화로 일종의 공감각 현상이다. 물푸레나무를 소재로 하여 쓴 〈물푸레나무〉라는 작품에서는 "물을 푸르게 하려고/ 초록초록/ 숨을 쉬는 나무"라고 하며 '초록'이라는 명사를 두 번 겹쳐 부사화 하여 쓰고 있다. 이어 "연못 거울 들여다보며/ 바람과 햇살을 꼬드겨서/ 살살살살/ 흥겹게 춤을 추어요// 그 나무 곁에 서면/ 왠지/ 마음도 푸르러지고/ 몸도 사사삭 저절로 흔들거려요"라고 표현하여 밝고 경쾌한 동심을 드러낸다.

다음의 〈눈이 왔네〉라는 작품도 짧지만 울림이 있는 작품이다. 첫눈이나 봄눈은 조금 내리다가 마는 경우가 대부분이다. 다음의 작품은 아마 첫눈에 대한 느낌을 짧지만 인상 깊게 썼다고 생각된다.

새벽 잠결에 들었다
— 눈이 왔네.
늦잠 자고 나와 보니
흔적도 없다

손꼽아 기다린 아빠가
나 없을 때
책상 위에
용돈만 두고 간 날 같다

— 〈눈이 왔네〉 전문

　어느 날 새벽이었다. 잠결에 화자는 눈이 왔다는 소리를 듣게 된다. 아마 잠 속에서도 눈이 왔다는 소리는 반가웠을 것이다. 그것도 첫눈이라면! 그러나 늦잠에서 깨어나 눈을 찾아보니 눈은 흔적도 없이 사라지고 만 뒤라는 것이다. 그 허전한 느낌을 화자는 "손꼽아 기다린 아빠가/ 나 없을 때/ 책상 위에/ 용돈만 두고 간 날 같다"고 하며 부재중인 아버지에 대한 그리움으로 환치시켜 감동을 증폭시켰다. 첫눈처럼 빨리 녹는 눈으로는 또 봄눈이 있다. 봄눈은 봄에 내리는 눈이다. 따라서 철지난 눈으로 비교적 빨리 녹는다. 응달에서나 조금 남아 웅크리고 있다가 다음 날이면 금방 녹아 사라지고 만다. 그런 봄눈을 의인화하여 감정이 있는 살아있는 눈으로 만든 작품이 〈봄눈〉이다. "그늘진 곳에서/ 꽁꽁/ 어깨동무하고 있다거나"거나 "쿡쿡/ 웃으며 어깨를 풀"거나 하다가 "훌쩍/ 골목으로 사라지고/ 젖은 자국만 조금 남겼다"
며 젖은 자국을 이별을 아쉬워하는 봄눈의 눈물처럼 그렸다. 아이다
움은 군것질을 통해서도 드러난다. "나는 놀이공원 가고 싶었는데/ 배
도 탄대서" 엄마 따라 남이섬에 갔는데 "배는 고작 3분 타고/ 먼지만
폴폴 날리는 길/ 걷고 또 걷는 엄마/ (중략) / '다시는 엄마 따라다니
지 않을 거야.'/ 질질 다리 끌며 다짐했"지만 "그래도/ 아이스크림은 맛
났"다는 천생 어린이의 모습도 보여준다.(《맛있는 남이섬》 부분)

아이다움은 헤어드라이기를 보면서 "할머니 주머니에 든/ 만 원 오
천 원 천 원처럼// 강풍 약풍 냉풍 온풍/ 들어 있는/ 바람 지갑// 화
장대에서/ 머리 말릴 엄마/ 항상 기다리고 있다"(《헤어드라이기》 전문)거
나 분리수거장에 버린 앉은뱅이책상을 두고도 "초록 빛깔의 앉은뱅
이책상/ 분리수거장에 있다// 어제도 오늘도 그대로 있다// 주인이
탄 차를 쫓아/ 내달리던 강아지처럼// 뒤쫓아 달릴 수 없어/ 눈감고
종일 앉아만 있다"(《버림받은 초록이》)며 생각과 감정이 있는 사물로 만
들고 있다. 아이다운 단순하고 천진한 직관이 만들어낸 시를 다음의
〈틈〉에서도 볼 수 있다.

소하초등학교 가는 길
촘촘히 박힌 보도블록 사이
풀 한 포기

보도블록이 힘겹게 틈을 벌려
물도 햇빛도 바람도
나눠주었다

—〈틈〉전문

　〈틈〉은 보도블록 사이를 비집고 올라온 풀 한 포기의 경이를 보
고 쓴 작품이다. 어리고 연약한 작은 풀 한 포기가 무슨 힘으로 촘촘
한 보도블록 사이를 비집고 올라올 수 있었을까? 화자는 그게 풀 한
포기의 힘이 아니라, 푸른 생명에 대한 보도블록의 배려라고 말한다.
"힘겹게 틈을 벌려/ 물도 햇빛도 바람도/ 나눠주"려는 보도블록의 배
려가 틈을 만들고 그 틈으로 풀 한 포기가 솟아올랐다는 것이다. 일
상에서 발현되는 이러한 동심은 낮과 밤을 만들며 이어달리기하는
해와 달을 두고 우주적으로 확대되기도 한다. "낮에는 해가/ 밤엔 달
이/ 사이좋게/ 이어달린다// 운동회 때/ 달리던 윤지가 바통을 놓쳐/
울음바다가 됐다// 해가 달의 바통을 놓친다면/ 지구는 깜깜한 바다
가 되겠지// 단 한 번도 실수하지 않는/ 해님아 달님아 고마워".《〈이어
달리기〉전문) 나아가 "하늘 높이/ 비행기가 떠가면서/ 자국을 남겼다//
기다란 흰색 지퍼 같다"《〈하늘 지갑〉부분) 같은 신선하고도 감각적인 심
상을 만들기도 한다.

4. 가족사랑

일반적으로 동시집에 가족 이야기가 등장하는 것은 너무나 당연하다. 그것도 대부분 사랑으로 맺어지고 이어지는 관계이다. 흔하게 나오는 가족으로는 할머니와 어머니 그리고 아버지와 형제자매와 고모, 삼촌, 할아버지 등이다. 오늘날 가족이 해체되고 있는 현실에서 가족의 소중함이란 아무리 강조해도 지나치지 않는다. 따라서 가족사랑은 특히 아동문학에서는 추구되어야 할 가치가 된다. 가족사랑, 그중에서 할머니와 손자 손녀 관계는 각별하다. 〈똥강아지〉라는 작품을 보면 '똥'자가 붙었음에도 최고의 애칭이 되어 사용됨을 알 수 있다. 즉 할머니가 말하는 똥강아지는 "착하다/ 이쁘다/ 귀엽다/ 사랑스럽다"는 말의 대체어이기도 하다. 그래서 할머니들은 "— 아이구, 우리 똥강아지!"라는 한마디로 손주에 대한 모든 사랑을 다 표현하는 것이다.

나는 할머니의 똥강아지

똥 자가 붙어서
좀 그렇지만

착하다
이쁘다
귀엽다
사랑스럽다

이 많은 말을
단 한마디로 끝내는
우리 할머니

— 아이구, 우리 똥강아지!

— 〈똥강아지〉 전문

    이런 할머니에는 엄마의 어머니인 외할머니도 있다. 그리고 그 외할머니는 외갓집과 더불어 중요한 시적 모티브가 되기도 한다. 박갑순 동시 속 화자도 엄마의 엄마인 외할머니에 대한 사랑이 더욱 끈끈하게 다가온다. "외할머니 집은/ 키 작은 단감나무가 있는/ 시골에 있어요// 열 집 중 제일 작고요/ 노인당에서 제일 주름 많은 분이/ 우리 할머니예요// 작은 집과 늙은 할머니 얼굴을 보니/ 자꾸 눈물이 나오려고 해서/ 얼른 스케치북에 그림을 그렸어요// 집은 크게/ 할머니는 젊게// 내가 그린 그림을 보고/ 엄마가 말했어요/ — 할머니 집이 이렇게 크니?/ — 할머니가 이렇게 젊니?// 내가 커서/ 지어드리고 싶은 집/ 성형외과 의사가 돼서/ 젊게 만들어드릴 할머니 얼굴인데/ 엄마는 그림 볼 줄을 몰라요"《그림 읽기》 전문)처럼 각별하게 그려진다. 그림 가족사랑에서 아버지는 어떨까? 아버지가 나오는 작품 중 가장 빼어난 한 편을 보자.

우리 아빠는
아침부터 저녁까지
남의 집에
크고 작은 물건들을
날라주는 일을 해요

종일 기다려도
우리 집에 오는 물건은 없고
깜깜한 밤에
다리 아파 끙끙대는 아빠만 와요

그래도
한 달에 한 번은
양손에 맛있는 치킨을 들고
뚜벅뚜벅
아빠가 배달돼요

— 〈아빠 월급날〉 전문

〈아빠 월급날〉 속의 아버지는 "아침부터 저녁까지/ 남의 집에/ 크
고 작은 물건들을/ 날라주는 일을" 하는 배달원이다. 배달원이란 안
정된 직업이 아니라 우리 사회의 대표적인 비정규직 노동자이다. 택배
일로 아침부터 늦은 저녁까지 일해야 하므로 "종일 기다려도/ 우리 집

에 오는 물건은 없고/ 깜깜한 밤에/ 다리 아파 끙끙대는 아빠만" 온 다고 자조한다. 이어서 "그래도/ 한 달에 한 번은/ 양손에 맛있는 치 킨을 들고/ 뚜벅뚜벅/ 아빠가 배달돼요"라고 하며, 힘든 상황 속에서 도 유머를 잃지 않고 긍정적인 시각을 유지한다. 비록 가난하지만 믿 음과 사랑으로 묶인 가족은 웃음과 유머가 엔도르핀처럼 생겨나는 건강한 가정일 수밖에 없다. 다음의 작품이 그런 모습을 잘 보여준다.

마트에서 집에 오는 동안
무거운 짐을 혼자 들고
아빠가 끙끙대요

엉덩이를 실룩거리며
엄마가 뒤따라가요

아빠는 가끔 엄마 보며 웃어요
힘이 들어도 웃음이 나오는 아빠

사랑하기 때문이래요
나도
사랑이 유치원 가방 들어줘야지

― 〈사랑하니까〉 전문

아마 쉬는 날, 가족이 함께 장을 보러 갔나 보다. 보통 차를 이용하여 장거리를 싣고 오겠지만 차가 없다면 손으로 들고 올 수밖에 없을 것이다. 동시 속에서는 아빠 혼자 무거운 짐을 들고 낑낑대며 앞서가고 "엉덩이를 실룩거리며/ 엄마가 뒤따라" 간다. 그런데 "아빠는 가끔 엄마 보며 웃"는다. "힘이 들어도 웃음이 나오는 아빠// 사랑하기 때문이래요" 하면서 "나도/ 사랑이 유치원 가방 들어줘야지", 한다. 그렇다. 이 가족을 결속시키는 것은 사랑이다. 부족한 것이 많고 힘든 일이 많아도 이 가족은 사랑의 힘으로 가난 속에서도 풍요로울 수 있는 것이다. 이런 가족사랑은 신앙생활 속의 기도를 통해서도 더욱 강화된다. 어느 날/ 엄마의 기도 소리를 들었다/ ― 하나님 아버지! 우리 아들들 건강하고 공부 잘할 수 있도록 은혜를 베풀어주시옵소서.// 형도 기도했다/ ― 하나님 아버지! 공부 잘할 수 있는 지혜를 주시고 동생과도 사이좋게 지내게 해주세요.// 엄마의 아버지를/ 아버지라 부르는 형에게 들리도록/ 나는 더 크게 기도했다// ― 하나님 할아버지, 엄마 말씀대로 훌륭한 사람이 되게 해주시고 형과 싸우지 않게 도와주세요.《형도 모르는 게 있어》 전문) 그 결과 엄마 아빠는 아이들 앞에서 싸울 수도 없는 부모가 되어 조심하게 된다. "식탁에서 차를 마시던/ 엄마 아빠 목소리가/ 점차 커졌다// 싸움으로 번질까 걱정하고 있는데/ 유치원에 다니는 동생이/ 방에서 나왔다// ― 둘이 벽 보고 반성해!// 작은 목소리였지만/ 엄마 아빠 큰소리를 금세 눌렀다// ― 여보, 미안해. 내가 잘못했어.// 동시에 서로 사과하고/ 상황 끝났다// 우리 집에서 제일 힘센 내 동생".《힘센 동생》 전문) 아이들 앞에서 조심하며 근신할 줄 아는 부모, 아이의 감정과 생각을 존중하고 배려할 줄 아는 어른, 사랑 없이는 가능하지 않다.